U0101649

紅樓夢第九十一回

縱淫心寶蟾工設計　布疑陣寶玉妄談禪

話說薛蝌正在狐疑忽聽窗外一笑唬了一跳心中想道不是寶蟾定是金桂只不理他們看他們有什麼法兒聽了半日却又寂然無聲自已也不敢吃那酒菓掩上房門剛要脫衣時只聽見窗紙上微微一響薛蝌此時被寶蟾鬼混了一陣心中七上八下竟不知如何是好聽見窗紙微响細看時又無動靜自已反倒疑心起來掩了懷坐在燈前呆呆的細想又把那菓子拿了一塊翻來覆去的細看猛回頭看見窗上的紙濕了一塊走過來覷着眼看時冷不防外面往裡一吹把薛蝌唬了一大

跳聽得吱吱的笑聲薛蝌連忙把燈吹滅了屏息而卧只聽外面一個人說道二爺爲什麼不喝酒吃菓子就睡了這句話仍是寶蟾的話音薛蝌只不作聲粧睡又隔了兩句話時聽得外面似有恨聲道天下那裡有這樣沒造化的人薛蝌聽了似是寶蟾又似是金桂的語音這纔知道他們原來是這一番意思翻來覆去直到五更後纔睡着了剛到天明早有人來扣門薛蝌忙問是誰外面也不答應薛蝌只得起來開了門看時却是寶蟾攏着頭髮掩着懷穿了件片金邊琵琶襟小緊身上面繫一條松花綠半新的汗巾下面並無穿裙正露着石榴紅灑花夾褲一雙新綉紅鞋原來寶蟾尚未梳洗恐怕人見赶早來取

傢伙薛蝌見他這樣打扮便走進來心中又是一動只得陪笑問道怎麼這麼早就起來了寶蟾把臉紅着並不答言只管把菓子折在一個碟子裡端着就走薛蝌見他這般知是昨晚的原故心裡想道這也罷了倒是他們惱了索性死了心也省了來纏於是把心放下叫人舀水洗臉自己打筭在家裡靜坐兩天一則養養神二則出去怕人找他原來和薛蟠好的那些人因見薛家無人只有薛蝌辦事年紀又輕便生出許多覬覦之心也有想插在裡頭做跑腿兒的也有能做狀子認得一兩個書辦要給他上下打點的甚至有叫他在內趁錢的也有造作謠言恐嚇的種種不一薛蝌見了這些人遠遠的躲避又不敢面辭恐怕激出意外之變只好藏在家中聽候轉詳不提且說金桂昨夜打發寶蟾送了些酒菓去探探薛蝌的消息寶蟾回來將薛蝌的光景一一的說了金桂見事有些不大投機便怕白鬧一塲反被寶蟾瞧不起要把兩三句話遮飾改過口來又撂不開這個人心裡倒沒了主意只是怔怔的坐著那知寶蟾也想薛蟠難以回家正要尋個路頭兒因怕金桂拿他所以不敢透漏今見金桂所為先已開了端了他便樂得借風使船先弄薛蝌到手不怕金桂不依所以用言挑撥見薛蝌似非無情又不甚兜攬一時也不敢造次後來見薛蝌吹燈自睡大覺掃興回來告訴金桂看金桂有甚方法見再作道理及見金桂怔

怔的似乎無技可施他也只得陪金桂收拾睡了夜裡那裡睡的著翻來覆去想出一個法子來不如明兒一早起來先去取了傢伙却自己換上一兩件顏色嬌嫩的衣服也不梳洗越顯出一番慵粧媚態來只看薛蝌的神情自己反倒粧出惱意索性不理他那薛蝌若有悔心自然移船就岸不愁不先到手是這個主意及至見了薛蝌仍是昨晚光景並無邪僻自己只得以假爲真端了碟子回來却故意留下酒壺以爲再來搭轉之地只見金桂問道你拿東西去有人碰見麼寶蟾道沒有金桂道二爺也沒問你什麼寶蟾道也沒有金桂因一夜不曾睡也想不出個法子來只得囘道若作此事別人可瞞寶蟾如何能

瞞不如分惠于他他自然没的說了况我又不能自去少不得要他作脚索性和他商量個穩便主意因帶笑說道你看二爺到底是怎麼樣的個人寶蟾道倒像是個糊塗人金桂聽了笑道你怎麼糟塌起爺們來了寶蟾也笑道他辜負奶奶的心我就說得他金桂道他怎麼辜負我的心你倒得說說寶蟾道奶奶給他好東西吃他倒不吃這不是辜負奶奶的心麼說着把眼溜着金桂一笑金桂道你别胡想我給他送東西爲大爺的事不辭勞苦我所以敬他又怕人說瞎話所以問你這些話和我說我不懂是什麼意思寶蟾笑道奶奶别多心我是跟奶奶的還有兩個心麼但是事情要密些倘或聲張起來不是頑

的金桂也覺得臉飛紅了因說道你這個丫頭就不是個好貨想來你心裡看上了却拿我作筏子是不是呢寶蟾道只是奶奶那麽想罷咧我倒是替奶奶難受奶奶要真瞧二爺好我倒有個主意奶奶想那個耗子不偷油呢他也不過怕事情不密大家鬧出亂子來不好看依我想奶奶且別性急時常在他身上不周不備的去處張羅張羅他是個小叔子又没娶媳婦兒奶奶就多盡點心兒和他貼個好兒別人也說不出什麽來過幾天他感奶奶的情也自然要謝候奶奶那時奶奶再備點東西兒在偺們屋裡我帮著奶奶灌醉了他還怕他跑了嗎他要不應偺們索性鬧起來就說他調戲奶奶他害怕自然得順著偺們的手兒他再不應他也不是人偺們也不至白丟了臉奶奶想怎麽樣金桂聽了這話兩顴早已紅暈了笑罵道小蹄子你倒像偷過多少漢子是的怪不得大爺在家時離不開你寶蟾把嘴一撇笑說道罷喲人家倒替奶奶拉縴奶奶倒和我們說這個話咧從此金桂一心籠絡薛蝌倒無心混鬧了家中也少覺安靜當日寶蟾自去取了酒壺仍是穩穩重重一臉的正氣薛蝌偷眼看了反倒後悔疑心或者是自己錯想了他們也未可知果然如此倒辜負了他這一番美意保不住日後倒要和自己也鬧起來豈非自惹的呢過了兩天甚覺安靜薛蝌遇見寶蟾寶蟾便低頭走了連眼皮兒也不抬遇見金桂金桂却

一盆火兒的趕著薛蝌見這般光景反倒過意不去這且不表且說寶釵母女覺得金桂幾天安靜待人忽然親熱起來一家子都爲罕事薛姨媽十分歡喜想到必是薛蟠娶這媳婦時冲犯了什麼纔敗壞了這幾年目今鬧出這樣事來虧得家裏有錢賈府出力方纔有了指望媳婦忽然安靜起來或者是蟠兒轉過運氣來也未可知於是自已心裏倒以爲希有之奇這日飯後扶了同貴過來到金桂房裏瞧瞧走到院中只聽一個男人和金桂說話同貴知機便說道大奶奶老太太過來了說著已到門口只見一個人影兒在房門後一躱薛姨媽一嚇倒退了出來金桂道太太請裏頭坐沒有外人他就是我的過繼兄弟本住在屯裏不慣見人因沒有見過太太今兒纔來還沒去請太太的安薛姨媽道既是舅爺不妨見見金桂叫兄弟出來見了薛姨媽作了個揖問了好薛姨媽也問了好坐下叙起話來薛姨媽道舅爺上京幾時了那夏三道前月我媽沒有人管家把我過繼來的前日纔進京今日來瞧姐姐薛姨媽看那人不尷尬於是略坐坐兒便起身道舅爺坐着罷回頭向金桂道舅爺頭上末下的來留在偺們這裏吃了飯再去罷金桂答應著薛姨媽自去了金桂見婆婆去了便向夏三道你坐着罷今日可是過了明路的了省了我們二爺查考我今日還要叫你買些東西只別叫別人看見夏三道這個交給我就完了你要

鼻塞叫人請醫調治漸漸蘇醒回來薛姨媽等大家略略放心早驚動榮寧兩府的人先是鳳姐打發人送十香返魂丹來隨後王夫人又送至寶丹來賈母邢王二夫人以及尤氏等都打發了頭來問候却都不叫寶玉知道一連治了七八天終不見效還是他自已想起冷香丸吃了三丸纔得病好後來寶玉也知道了因病好了沒有瞧去那時薛蝌又有信回來薛姨媽看了怕寶釵躭憂也不叫他知道自已來求王夫人幷述了一會子寶釵的病薛姨媽去後王夫人又求賈政賈政道此事上頭可托底下難托必須打點纔好王夫人又提起寶釵的事來因說道這孩子也苦了旣是我家的人了也該早些娶了過來纔是別叫他蹧蹋壞了身子賈政道我也是這麼想但是他家忙亂況且如今到了冬底已經年近歲逼無不各自要料理些家務今冬且放了定明春再過禮過了老太太的生日就定日子娶你把這番話先告訴薛姨太太王夫人答應了到了次日王夫人將賈政的話向薛姨媽說了薛姨媽想着也是到了飯後王夫人陪着來到賈母房中大家讓了坐賈母道姨太太纔過來薛姨媽道還是昨見過來的因為晚了沒得過來給老太太請安王夫人便把賈政昨夜所說的話向賈母述了一遍賈母甚喜說着寶玉進來了賈母便問道吃了飯了沒有寶玉道纔打學房裡回來吃了要往學房裡去先見見老太太又聽見說

姨媽來了過來給姨媽請請安因問寶姐姐大好了薛姨媽笑道好了原來方纔大家正說着見寶玉進來都掩住了寶玉坐了坐見薛姨媽神情不似從前親熱雖是此刻沒有心情也不犯大家都不言語滿腹猜疑自往學中去了晚上回來都見過了便往瀟湘館來掀簾進去紫鵑接着見裡間屋內無人寶玉道姑娘那裡去了紫鵑道上屋裡去了聽見說姨太太過來姑娘請安去了二爺沒有到上屋裡去麼寶玉道我去了來的沒有見你們姑娘紫鵑道沒在那裡嗎寶玉道沒有到底那裡去了紫鵑道這就不定了寶玉剛要出來只見黛玉帶着雪雁冉冉而來寶玉道妹妹回來了縮身退步仍跟黛玉回來黛玉

進來走入裡間屋內便請寶玉裡頭坐紫鵑拿了一件外罩換上然後坐下問道你上去看見姨媽了沒有寶玉道見過了黛玉道姨媽說起我來沒有寶玉道不但沒說你連見了我也不像先時親熱我問起寶姐姐的病來他不過笑了一笑並不答言難道怪我這兩天沒去瞧他麼黛玉笑了一笑道你去瞧過沒有寶玉道頭幾天不知道這兩天知道了也沒去黛玉道可不是呢寶玉道當真的老太太不叫我去太太也不叫去老爺又不叫去我如何敢去要像從前這小門兒通的時候兒我一天瞧他十輪也不難如今把門堵了要打前頭過去自然不便了黛玉道他那裡知道這個原故寶玉道寶姐姐為人是最體

諒我的黛玉道你不要自已打錯了主意若論寶姐姐更不體諒又不是姨媽病是寶姐姐病向來在園中做詩賞花飲酒何等熱鬧如今隔開了你看見他家裡有事了他病到那步田地你像沒事人一般他怎麽不惱呢寶玉道這樣難道寶姐姐便不和我好了不成黛玉道他和你好不好我却不知我也不過是照理而論寶玉聽了瞪着眼呆了半晌黛玉看見寶玉這樣光景也不採他只是自已叫人添了香又翻出書來看了一會只見寶玉把眉一皺把脚一跺道我想這個人生他做什麼天地間沒有了我倒也乾淨黛玉道原是有了我便有了人有了人便有無數的煩惱生出來恐怖顛倒夢想更有許多纏碍纔

剛我說的都是頑話你不過是看見姨媽沒精打彩如何便疑到寶姐姐身上去姨媽過來原爲他的官司事情心緒不寧那裡還來應酬你都是你自已心上胡思亂想鑽入魔道裡去了寶玉豁然開朗笑道狠是狠是你的性靈比我竟強遠了怨不得前年我生氣的時候你和我說過幾句禪話我實在對不上來我雖丈六金身還藉你一莖所化黛玉乘此机會說道我便問你一句話你如何回答寶玉盤着腿合着手閉着眼撅著嘴道講來黛玉道寶姐姐和你好你怎麽樣寶姐姐不和你好你怎麽樣寶姐姐前兒和你好如今不和你好你怎麽樣今兒和你好後來不和你好你怎麽樣你和他好他偏不和你好你怎

麽樣你不和他好他偏要和你好你怎麽樣寶玉呆了半晌忽然大笑道任憑弱水三千我只取一瓢飲黛玉道瓢之漂水奈何寶玉道非瓢漂水水自流瓢自漂耳黛玉道水止珠沉奈何寶玉道禪心已作沾泥絮莫向春風舞鷓鴣黛玉道禪門第一戒是不打誑語的寶玉道有如三寶黛玉低頭不語只聽見簷外老鴉呱呱的叫了幾聲便飛向東南上去寶玉不知主何吉兇黛玉道人有吉凶事不在鳥音中忽見秋紋走來說道請二爺回去老爺叫人到園裡來問過說二爺打學裡回來了沒有襲人姐姐只說已經回來了快去罷唬的寶玉站起身來往外忙走黛玉也不敢相留未知何事下回分解

紅樓夢第九十一回終

紅樓夢第九十二回

評女傳巧姐慕賢良　玩母珠賈政參聚散

說話寶玉從瀟湘館出来連忙問秋紋道老爺叫我作什麼秋紋笑道沒有叫襲人姐姐叫我請二爺我怕你不來纔哄你的寶玉聽了纔把心放下因說你們請我也罷了何苦来唬我說着回到怡紅院內襲人便問道你這好半天到那裡去了寶玉道在林姑娘那邊說起姨媽家寶姐姐的事來就坐住了襲人又問道說些什麼寶玉將打禪語的話述了一遍襲人道你們再沒個計較正經說些家常閒話兒或講究些詩句也是好的怎麼又說到禪語上了又不是和尚寶玉道你不知道我們有我們的禪機別人是插不下嘴去的襲人笑道你們參禪參翻了又叫我們跟著打悶葫蘆了寶玉道頭裡我也年紀小他也孩子氣所以我說了不留神的話他就惱了如今我也留神他也沒有惱的了只是他近來不常過來我又念書偶然到一處好像生踈了是的襲人道原該這麼著纔是都長了幾歲年紀了怎麼好意思還像小孩子時侯的樣子寶玉點頭道我也知道如今且不用說那個我問你老太太那裡打發人來說什麼來着沒有襲人道沒有說什麼寶玉道必是老太太忘了明兒不是十一月初一日麼年年老太太那裡必是個老規矩要辦消寒會齊打夥兒坐下喝酒說笑我今日已經在學房裡告了

假了這會子沒有信兒明兒可是去不去呢若去了呢白白的告了假若不去老爺知道了又說我偷懶襲人道據我說你竟是去的是纔念的好些兒了又想歇著我勸你也該上緊些兒了昨兒聽見太太說蘭哥兒念書真好他打學房裡回來還各自念書作文章天天晚上弄到四更多天纔睡你比他大多了又是叔叔倘或趕不上他又叫老太太生氣倒不如明兒早起去罷麝月道這麼冷天已經告了假又去叫學房裡說既這麼着就不該告假叫顯見的是告謊假脫滑兒依我說樂得歇一天就是老太太忘記了咱們這裡就不消寒了麼咱們也鬧個會兒不好麼襲人道都是你起頭兒二爺更不肯去了麝月道

我也是樂一天是一天比不得你要好名兒使喚一個月再多得二兩銀子襲人啐道小蹄子兒人家說正經話你又來胡拉混扯的了麝月道我倒不是混拉扯我是爲你襲人道爲我什麼麝月道二爺上學去了你又該咕嘟著嘴想着巴不得二爺早些兒回來就有說有笑的了這會子又假撇清何苦呢我都看見了襲人正要罵他只見老太太那裡打發人來說道老太太說了叫二爺明兒不用上學去呢明兒請了姨太太來給他解悶只怕姑娘們都來家裡的史姑娘邢姑娘李姑娘們都請了明兒來赴什麼消寒會呢寶玉沒有聽完便喜歡道可不是老太太最高興的明日不上學是過了明路的了襲人也不便

言語了那丫頭同去寶玉認真念了幾天書巴不得頑這一天又聽見薛姨媽過來想着寶姐姐自然也來心裡喜歡便說快睡罷明日早些起來于是一夜無話到了次日果然一早到老太太那裡請了安又到賈政王夫人那裡請了安回明了老太太今兒不叫上學賈政也沒言語便慢慢退出來走了幾步便一溜烟跑到賈母房中見衆人都沒來只有鳳姐那邊的奶媽子帶了巧姐兒跟着幾個小丫頭過來給老太太請了安說我媽媽先叫我來請安陪着老太太說說話兒媽媽回來就來賈母笑着道好孩子我一早就起來了等他們總不來只有你二叔叔來了那奶媽子便說姑娘給叔叔請安巧姐便請了安寶

玉也問了一聲妞妞好巧姐道昨夜聽見我媽媽說要請二叔叔去說話寶玉道說什麼巧姐道我媽媽說跟着李媽認了幾年字不知道我認得不認得我說都認得我認給媽媽瞧媽媽說我瞎認不信說我一天儘子頑那裡認得我瞧着那些字也不要緊就是那女孝經也是容易念的媽媽說我哄他要請二叔叔得空兒的時候給我理理賈母聽了笑道好孩子你媽媽是不認得字的所以說你哄他明兒叫你二叔叔理給他瞧瞧他就信了寶玉道你認了多少字了巧姐兒道認了三千多字念了一本女孝經半個月頭裡又上了列女傳寶玉道你念了懂的嗎你要不懂我倒是講講這個你聽罷賈母道做叔叔的

的巧姐兒道我也跟着劉媽媽學着做呢什麼扎花兒喇拉鎖子喇我雖弄不好却也學着會做幾針兒賈母道咱們這樣人家固然不仗着自已做但只到底知道些日後纔不受人家的拿捏巧姐答應着是還要寶玉解說列女傳見寶玉呆呆的也不好再問你道寶玉呆呆的是什麼只因柳五兒要進怡紅院頭一次是他病了不能進來第二次王夫人攆了晴雯大凡有些姿色的都不敢挑後來又在吳貴家看晴雯去五兒跟着他媽給晴雯送東西去見了一面更覺嬌娜嫵媚今日虧得鳳姐想着叫他補入小紅的窩兒竟是喜出望外了所以呆呆的獃想賈母等著那些人見這時候還不來又叫丫頭去請回來李紈同着他妹子探春惜春史湘雲黛玉都來了大家請了賈母的

安衆人厮見獨有薛姨媽未到賈母又叫請去果然薛姨媽帶著寶琴過來寶玉請了安問了好只不見寶釵邢岫烟二人黛玉便問起寶姐姐爲何不來薛姨媽假說身上不好邢岫烟知道薛姨媽在坐所以不來寶玉雖見寶釵不來心中納悶因黛玉來了便把想寶釵的心暫且擱開不多時邢王二夫人也來了鳳姐聽見婆婆們先到了自已不好落後只得打發平兒先來告假說是正要過來因身上發熱過一回兒就來賈母道既是身上不好不來也罷咱們這時候狠該吃飯了丫頭們把火盆往後挪了一挪就在賈母榻前一溜擺下兩桌大家序次坐

下吃了飯依舊圍爐閒談不須多贅只說鳳姐因何不來頭裡爲著倒比那王二夫人遲了不好意思後來旺兒家的來囘說迎姑娘那裡打發人來請奶奶安還說並沒有到上頭只到奶奶這裡來鳳姐聽了納悶不知又是什麼事便叫那人進來問姑娘在家好那人道有什麼好的奴才並不是姑娘打發來的寔在是司棋的母親央我來求奶奶的鳳姐道司棋已經出去了爲什麼來求我那人道自從司棋出去終日啼哭忽然那一日他表兄來了他母親見了恨的什麼兒是的說他害了司棋一把拉住要打那小子不敢言語誰知司棋聽見了急忙出來老着臉和他母親說我是爲他出來的我也恨他沒良心如今

他來了媽要打他不如勒死了我罷他媽罵他不害臊的東西你心裡要怎麼樣司棋說道一個女人嫁一個男人我一時失脚上了他的當我就是他的人了決不肯再跟着别人的我只恨他爲什麼這麼膽小一身作事一身當爲什麼逃了呢就是他一輩子不來我也一輩子不嫁人的媽要給我配人我原拚着一死令兒他來了媽問他怎麼樣要是他不改心我在媽跟前磕了頭只當是我死了他到那裡我跟到那裡就是討飯吃也是願意的他媽氣的了不得便哭著罵着說你是我的女兒我偏不給他你敢怎麼着那知道司棋這東西糊塗便一頭撞在墻上把腦袋撞破鮮血流出竟碰死了他媽哭着救不過來

便要叫那小子償命他表兄也奇說道你們不用着急我在外頭原發了財因想着他纔回來的心也算是真了你們要不信只管瞧說着打懷裡掏出一匣子金珠首飾來他媽媽看見了心軟了說你既有心爲什麼總不言語他外甥道大凡女人都是水性楊花我要說有錢他就是貪圖銀錢了如今他只爲人就是難得的我把首飾給你們我去買棺盛殮他那司棋的母親接了東西也不顧女孩兒了由着外甥去那裡知道他外甥叫人擡了兩口棺材來司棋的母親看見咤異說怎麼棺材要兩口他外甥笑道一口裝不下得兩口纔好司棋的母親見他外甥又不哭只當是他心疼的傻了豈知他忙着把司棋收拾

了也不啼哭眼錯不見把帶的小刀子往脖子裡一抹也就抹死了司棋的母親懊悔起來倒哭的了不得如今坊裡知道了要報官他急了央我來求奶奶說個人情他再過來給奶奶磕頭鳳姐聽了咤異道那有這樣傻丫頭偏偏的就碰見這個傻小子怪不得那一天番出那些東西來他心裡沒事人是的敢只是這麼個烈性孩子論起來我也沒這麼大工夫管他這些閒事但只你纔說的叫人聽着怪可憐見兒的也罷了你回去告訴他我和你二爺說打發旺兒給他撕擄就是了鳳姐打發那人去了纔過賈母這邊來不題且說賈政這日正與詹光下大棊通局的輸贏也差不多單爲着一隻角兒死活未分在那

裡打結門上的小廝進來回道外面馮大爺要見老爺賈政道請進來小廝出去請了馮紫英走進門來賈政即忙迎着馮紫英進來在書房中坐下見是下棋便道只管下棋我來觀局詹光笑道晚生的棋是不堪瞧的馮紫英道好說請下罷賈政道有什麽事麽馮紫英道沒有什麽話老伯只管下棋我也學幾着兒賈政向詹光道馮大爺是我們相好的既沒事我們索性下完了這一局再說話兒馮大爺在旁邊瞧着馮紫英道下采不下采詹光道下采的馮紫英道下采的是不好多嘴的賈政道多嘴也不妨橫豎他輸了十來銀兩子終久是不拿出來的往後只好罰他做東便了詹光笑道這倒使得馮紫英道老伯

和詹公對下麽賈政笑道從前對下他輸了如今讓他兩個子兒他又輸了時常還要悔幾著不叫他悔他就急了詹光也笑道沒有的事賈政道你試試瞧大家一面說笑一面下完了做起棋來詹光還了棋頭輸了七個子兒馮紫英道這盤終吃虧在打結裡頭老伯結少就便宜了賈政對馮紫英道有罪有罪咱們說話兒罷馮紫英道小侄與老伯久不見面一來會會二來因廣西的同知進來引見帶了四種洋貨可以做得貢的一件是圍屏有二十四扇槅子都是紫檀雕刻的中間雖說不是玉却是絕好的硝子石石上鏤出山水人物樓臺花鳥兒來一扇上有五六十個人都是宮粧的女子名為漢宮春曉人的眉

目口鼻以及出手衣褶刻得又清楚又細膩點綴布置都是好的我想尊府大觀園中正廳上恰好用的着還有一架鐘表有三尺多高也是一個童兒拿着時辰牌到什麼時候兒就報什麼時辰裡頭還有消息人兒打十番兒這是兩件重笨的却還沒有拿來現在我帶在這裡的兩件却倒有些意思兒就在身邊拿出一個錦匣子來用幾重白綾裹著揭開了綿子第一層是一個玻璃盒子裡頭金托子大紅縐紬托底上放著一顆桂圓大的珠子光華耀目馮紫英道據說這就叫做母珠因叫拿一個盤兒來詹光即忙端過一個黑漆茶盤道使得麼馮紫英道使得便又向懷裡掏出一個白絹包兒將包兒裡的珠子都

倒在盤裡散着把那顆母珠擱在中間將盤放於桌上看見那些小珠子兒滴溜滴溜的都滾到大珠子身邊來回把這顆大珠子抬高了別處的小珠子一顆也不剩都粘在大珠上詹光道這也奇賈政道這是有的所以叫做母珠原是珠之母那馮紫英又回頭看着他跟來的小廝道那個匣子呢小廝趕忙捧過一個花梨木匣子來大家打開看時原來匣內襯着虎紋錦錦上疊著一束藍紗詹光道這是什麼東西馮紫英道這叫做鮫綃帳在匣裡子拿出來時疊得長不滿五寸厚不上半寸馮紫英一層一層的打開打到十來層已經桌上鋪不下了馮紫英道你看裡頭還有兩褶必得高屋裡去纔張得下這就是鮫

絲所織暑熱天氣張在堂屋裡頭蒼蠅蚊子一個不能進來又輕又亮賈政道不用全打開怕疊起来倒費事詹光便與馮紫英一層一層折好收拾了馮紫英道這四件東西價兒也不貴兩萬銀他就賣母珠一萬鮫綃帳五千漢宮春曉與自鳴鐘五千賈政道那裡買的起馮紫英道你們是個國戚難道宮裡頭用不着麼賈政道用得着的狠多只是那裡有這些銀子等我叫人拿進去給老太太瞧瞧馮紫英道狠是賈政便着人叫賈璉把這兩件東西送到老太太那邊去並叫人請了邢王二夫人鳳姐兒都來瞧著又把兩件東西一一試過賈璉道他還有兩件一件是圍屏一件是樂鐘共總要賣二萬銀子呢鳳姐兒接着道東西自然是好的但是那裡有這些閒錢偺們又不比外任督撫要辦貢我已經想了好些年了像偺們這種人家必得置些不動搖的根基纔好或是祭地或是義庄再置些坟屋往後子孫遇見不得意的事還是點兒底子不到一敗塗地我的意思是這樣不知老太太老爺太太們怎麼樣若是外頭老爺們要買只管買賈母與衆人都說這話說的倒也是賈璉道還了他罷原是老爺叫我送給老太太瞧為的是宮裡好進誰說買來擱在家裡老太太還沒開口你便說了一大堆喪氣話說着便把兩件東西拿出去了告訴賈政只說老太太不要便與馮紫英道這兩件東西好可好就只沒銀子我替你留心有

要買的人我使送信給你去馮紫英只得收拾好了坐下說些閒話沒有興頭就要起身賈政道你在這裡吃了晚飯去罷馮紫英道罷了來了就叨擾老伯嗎賈政道說那裡的話正說着人回大老爺來了賈赦早已進來彼此相見敘些寒溫不一時擺上酒來餚饌羅列大家喝著酒至四五巡後說起洋貨的話馮紫英道這種貨本是難消的除非要像尊府這樣人家還可消得其餘就難了賈政道這也不見得賈赦道我們家裡也比不得從前了這回兒也不過是個空門面馮紫英又問東府珍大爺可好麼我前兒見他說起家常話兒來提到他令郎續娶的媳婦遠不及頭裡那位秦氏奶奶了如今後娶的到底是那

一家的我也沒有問起賈政道我們這個姪孫媳婦兒也是這裡大家從前做過京畿道的胡老爺的女孩兒馮紫英道胡道長我是知道的但是他家教上也不怎麼樣也罷了只要姑娘好就好賈璉道聽得內閣裡人說起雨村又要陞了賈政道這也好不知准不准賈璉道大約有意思的了馮紫英道我今兒從吏部裡來也聽見這樣說雨村老先生是貴本家不是賈政道是馮紫英道是有服的還是無服的賈政道說也話長他原籍是浙江湖州府人流寓到蘇州甚不得意有個甄士隱和他相好時常周濟他已後中了進士得了榜下知縣便娶了甄家的丫頭如今的太太不是正配豈知甄士隱弄到零落不堪沒

有我處雨村革了職以後那時還與我家並未相識只因舍妹
丈林如海林公在揚州巡鹽的時候請他在家做西席外甥女
兒是他的學生因他有起復的信要進京來恰好外甥女兒要
上來探親林姑老爺便托他照應上來的還有一封薦書托我
吹噓吹噓那時看他不錯大家常會豈知雨村也奇我家世襲
起從代字輩下來寧榮兩宅人口房舍以及起居事宜一概都
明白因此遂覺得親熱了因又笑說道幾年門子也會鑽了
由知府推陞轉了御史不過幾年陞了吏部侍郎兵部尚書爲
著一件事降了三級如今又要陞了馮紫英道人世的榮枯仕
途的得失終屬難定賈政道天下事都是一個樣的理喲比如

方纔那珠子那顆大的就像有福氣的人是的那些小的都托
賴着他的靈氣護庇着要是那大的沒有了那些小的也就沒
有收攬了就像人家兒當頭人有了事骨肉也都分離了親戚
也都零落了就是好朋友也都散了轉瞬榮枯真似春雲秋葉
一般你想做官有什麼趣兒呢像雨村算便宜的了還有我們
差不多的人家兒就是甄家從前一樣功勳一樣世襲一樣起
居我們也是時常來往不多幾年他們進京來差人到我這裡
請安還狠熱鬧一會兒抄了原籍的家財至今杳無音信不知
他近况若何心下也着實惦記着賈赦道什麼珠子賈政同馮
紫英又說了一遍給賈赦聽賈赦道偺們家是再沒有事的馮

紫英道果然尊府是不怕的一則裡頭有貴妃照應二則故舊好親戚多三則你們家自老太太起至於少爺們沒有一個刁鑽刻薄的賈政道雖無刁鑽刻薄的却沒有德行才情白白的衣租食稅那裡當得起賈赦道偺們不用說這些話大家吃酒罷大家又喝了幾盃擺上飯來吃畢喝茶馮家的小厮走來輕輕的向紫英說了一句馮紫英便要告辭賈赦問那小厮道你說什麼小厮道外面下雪早已下了梆子了賈政叫人看時已是雪深一寸多了賈政道那兩件東西你收拾好了麼馮紫英道收好了若尊府要用價錢還自然讓些賈政道我留神就是了紫英道我再聽信罷天氣冷請罷別送了賈赦賈政便命賈璉送了出去未知後事如何下回分解

紅樓夢第九十二回終

紅樓夢第九十三回

甄家僕投靠賈家門　水月菴掀翻風月案

却說馮紫英去後賈政叫門上的人來吩咐道今兒臨安伯那裡來請吃酒知道是什麼事門上的人道奴才曾問過並沒有什麼喜慶事不過南安王府裡到了一班小戲子都說是個名班伯爺高興唱兩天戲請相好的老爺們瞧瞧熱鬧熱鬧大約不用送禮的說着賈赦過來問道明兒二老爺去不去賈政道承他親熱怎麼好不去的說着門上進來回道衙門裡書辦來請老爺明日上衙門有堂派的事必得早些去賈政道知道了說着只見兩個管屯裡地租子的家人走來請了安磕了頭旁邊站着賈政道你們是郝家庄的兩個答應了一聲賈政也不

往下問竟與賈赦各自說了一回話兒散了家人等秉着手燈送過賈赦去這裡賈璉便叫那管租的人道說你的那人說道十月裡的租子奴才已經赶上來了原是明兒可到誰知京外拿車把車上的東西不由分說都掀在地下奴才告訴他說是府裡收租子的車不是買賣車他更不管這些奴才叫車夫只管拉着走几個衙役就把車夫混打了一頓硬扯了兩輛車去了奴才所以先來回報求爺打發個人到衙門裡去要了來纔好再者也整治整治這些無法無天的差役纔好爺還不知道呢更可憐的是那買賣車客商的東西全不顧掀下來赶着就

走那些避車的但說句話打的頭破血出的賈璉聽了罵道這個還了得立刻寫了一個帖兒叫家人拿去向拿車的衙門裡要車去并車上東西若少了一件是不依的快叫周瑞周瑞不在家又叫旺兒旺兒晌午出去了還沒有回來賈璉道這些忘八日的一個都不在家他們成年家吃糧不管事因吩咐小厮們快給我找去說着也回到自已屋裡睡下不題且說臨安伯第二天又打發人來請賈政告訴賈赦道我是衙門裡有事璉兒要在家等候拿車的事情也不能去倒是大老爺帶著寶玉應酬一天也罷了賈赦點頭道也使得賈政遣人去叫寶玉說今兒跟大爺到臨安伯那裡聽戲去寶玉喜歡的了不得便換

上衣服帶了焙茗掃紅鋤藥三個小子出來見了賈赦請了安上了車來到臨安伯府裡門上人回進去一會子出來說老爺請於是賈赦帶著寶玉走入院內只見賓客喧闐賈赦寶玉見了臨安伯又與衆賓客都見過了禮大家坐着說笑了一回只見一個掌班拿著一本戲单一個牙笏向上打了一個千兒說道求各位老爺賞戲先從尊位點起挨至賈赦也點了一齣那人回頭見了寶玉便不向别處去竟搶步上來打個千兒道求二爺賞兩齣寶玉一見那人面如傳粉唇若塗硃鮮潤如出水芙蕖飄揚似臨風玉樹原來不是别人就是蔣玉函前日壞得他帶了小戲兒進京也沒有到自已那裡此時見了又不好站

起來只見笑道你多早晚來的蔣玉函把眼往左右一溜悄悄的笑道怎麼二爺不知道麼寶玉因衆人在坐也難說話只得胡亂點了一齣蔣玉函去了便有幾個議論道此人是誰有的說他向來是唱小旦的如今不肯唱小旦年紀也大了就在府裡掌班頭裡也改過小生他也攢了好幾個錢家裡已經有兩三個鋪子只是不肯放下本業原舊領班有的說想必成了家了有的說親還沒有定他倒拿定一個主意說是人生婚配關係一生一世的事不是混鬧得的不論尊卑貴賤總要配的上他的纔能所以到如今還並沒娶親寶玉暗忖度道不知日後誰家的女孩兒嫁他要嫁着這麼樣的人才兒也算是不辜負

了那時開了戲也有昆腔也有高腔也有弋腔平腔熱鬧非常到了晌午便擺開桌子吃酒又看了一回賈赦便欲起身臨安伯過來留道天色尚早聽見說琪官兒還有一齣占花魁他們頂好的首戲寶玉聽了巴不得賈赦不走於是賈赦又坐了一會果然蔣玉函扮了秦小官伏侍花魁醉後神情把那一種憐香惜玉的意思做得極情盡致以後對飲對唱纏綿繾綣寶玉這時不看花魁只把兩隻眼睛獨射在秦小官身上更加蔣玉函聲音響喨口齒清楚按腔落板寶玉的神魂都唱的飄蕩了直等這齣戲煞場後更知蔣玉函極是情種非尋常腳色可比因想着樂記上說的是情動於中故形于聲聲成文謂之音所

以知聲知音知樂有許多講究聲音之原不可不察詩詞一道但能傳情不能入骨自後想要講究講究音律寶玉想出了神忽見賈赦起身主人不及相留寶玉沒法只得跟了回來到了家中賈赦自回那邊去了寶玉來見賈政賈政纔下衙門正向賈璉問起拿車之事賈璉道今兒叫人拿帖兒去知縣不在家他的門上說了這是本官不知道的並無牌票出去拿車都是那些混賬東西在外頭撒野擠訛頭旣是老爺府裡的我便立刻叫人去追辦包管明兒連車連東西一幷送來如有半點差遲再行稟過本官重重處治此刻本官不在家求這裡老爺看破些可以不用本官知道更好賈政道旣無官票到底是何等

樣人在那裡作怪賈璉道老爺不知外頭都是這樣想來明兒必定送來的賈璉說完下來寶玉上去見了賈政問了幾句便叫他往老太太那裡去賈璉因爲昨夜叫空了家人出來傳喚那起人都已伺候齊全賈璉罵了一頓叫大管家賴大將各行檔的花名冊子拿來你去查點查點寫一張諭帖叫那些人知道若有並未告假私自出去傳喚不到貽誤公事的立刻給我打了攆出去賴大連忙答應了幾個是出來吩咐了一回家人各自留意過不幾時忽見有一個人頭上戴着氈帽身上穿着一身青布衣裳脚下穿着一雙撒鞋走到門上向衆人作了個揖衆人拿眼上上下下打諒了他一番便問他是那裡來的那

人道我自南邊甄府中來的并有家老爺手書一封求這裡的爺們呈上尊老爺衆人聽見他是甄府來的纔站起來讓他坐下道你乏了且坐坐我們給你回就是了門上一面進來回明賈政呈上來書賈政拆書看時上寫着

世交夙好氣誼素敦遙仰襜帷不勝依切弟因菲材獲譴自分萬死難償幸邀寬宥待罪邊隅迄今門戶凋零家人星散所有奴子包勇向曾使用雖無奇技人尚慤實倘使得備奔走餬口有資屋烏之愛感佩無涯矣專此奉達餘容再敘不宣

年家眷弟甄應嘉頓首

賈政看完笑道這裡正因人多甄家倒荐人來又不好卻的吩

咐門上叫他見我且留他住下因材使用便了門上出去帶進人來見賈政便磕了三個頭起來道家老爺請老爺安自己又打個千兒說包勇請老爺安賈政回問了甄老爺的好便把他上下一瞧但見包勇身長五尺有零肩背寬肥濃眉爆眼磕額長髯氣色粗黑垂着手站著便問道你是向來在甄家的還是住過幾年的包勇道小的向在甄家的賈政道你如今為什麼要出來呢包勇道小的原不肯出來只是家老爺再四叫小的出來說別處你不肯去這裡老爺家裡和在咱們自已家裡一樣的所以小的來的賈政道你們老爺不該有這樣事情弄到這個田地包勇道小的本不敢說我們老爺只是太好了一味

的真心待人反倒招出事來賈政道真心是最好的了包勇道因爲太真了人人都不喜歡討人厭煩是有的賈政笑了一笑道旣這樣皇天自然不負他的包勇還要說時賈政又問道我聽見說你們家的哥兒不是也叫寶玉麼包勇道是賈政道他還肯向上巴結麽包勇道老爺若問我們哥兒倒是一段奇事哥兒的脾氣也和我家老爺一個樣子也是一味的誠實從小兒只愛和那些姐妹們在一處頑老爺太太也狠打過幾次他只是不改那一年太太進京的時候兒哥兒大病了一場已經死了半日把老爺幾乎急死裝裹都預備了幸喜後來好了嘴裡說道走到一座牌樓那裡見了一個姑娘領着他到了一座

廟裡見了好些櫃子裡頭見了好些冊子又到屋裡見了無數女子說是都變了鬼怪是的也有變做骷髏兒的他嚇急了就哭喊起來老爺知他醒過來了連忙調治漸漸的好了老爺仍叫他在姐妹們一處頑去他竟改了脾氣了好着時候的頑意兒一槩都不要了惟有念書爲事就有什麽人來引誘他他也全不動心如今漸漸的能穀帮着老爺料理些家務了賈政默然想了一回道你去歇歇去罷等這裡用着你時自然派你一個行次兒包勇答應着退下來跟着這裡人出去歇息不提一日賈政早起剛要上衙門看見門上那些人在那裡交頭接耳好像要使賈政知道的是的又不好明回只管咕咕唧唧的說

話賈政叫上來問道你們有什麼事這麼鬼鬼祟祟的門上的人回道奴才們不敢說賈政道有什麼事不敢說的門上的人道奴才今兒起來開門出去見門上貼著一張白紙上寫着許多不成事體的字賈政道那裡有這樣的事寫的是什麼門上的人道是水月菴裡的腌臢話賈政道拿給我瞧門上的人道奴才本要揭下來誰知他貼的結寔揭不下來只得一面抄一面洗剛纔李德揭了一張給奴才瞧就是那門上貼的話奴才們不敢隱瞞說着呈上那帖兒賈政接來看時上面寫着

西貝草斤年紀輕水月菴裡管尼僧一個男人多少女窩娼
聚賭是陶情不肖子弟来辦事榮國府內好聲名

賈政看了氣的頭昏目暈趕着叫門上的人不許聲張悄悄叫人往寧榮兩府靠近的夾道子墻壁上再去找尋隨即叫人去喚賈璉出來賈璉即忙趕至賈政忙問道水月菴中寄居的那些女尼女道向來你也查考查考過沒有賈璉道沒有一向都是芹兒在那裡照管賈政道你知道芹兒照管得来照管不來賈璉道老爺既這麼說想來芹兒必有不妥當的地方兒賈政歎道你瞧瞧這個帖兒寫的是什麼賈璉一看道有這樣事麼正說着只見賈蓉走來拿著一封書子寫着二老爺密啟打開看時也是無頭榜一張與門上所貼的話相同賈政道快叫賴大帶了三四輛車到水月菴裡去把那些女尼姑女道士一齊

拉回來不許泄漏只說裡頭傳喚賴大領命去了且說水月菴中小女尼女道士等初到庵中沙彌與道士原係老尼收管日間教他些經懺已後元妃不用也便習學得懶惰了那些女孩子們年紀漸漸的大了都也有些知覺了更兼賈芹也是風流人物打量芳官等出家只是小孩子性兒便去招惹他們那知芳官竟是真心不能上手便把這心腸移到女尼女道士身上因那小沙彌中有個名叫沁香的和女道士中有個叫做鶴仙的長的都甚妖嬈賈芹便和這兩個人勾搭上了閒時便學些絲絃唱個曲兒那時正當十月中旬賈芹給菴中那些人領了月例銀子便想起法兒來告訴衆人道我為你們領月錢不能

進城又只得在這裡歇著怪冷的怎麼樣我今兒帶些菓子酒大家吃着樂一夜好不好那些女孩子都高興便擺起棹子連本菴的女尼也叫了來惟有芳官不來賈芹喝了幾杯便說道要行令沁香等道我們都不會倒不如搳拳罷誰輸了喝一鍾豈不爽快本菴的女尼道這天剛過晌午混嚷混喝的不像且先喝幾鍾愛散的先散去誰愛陪芹大爺的回來晚上儘子喝去我也不管正說着只見道婆急忙進來說快散了罷府裡賴大爺來了衆女尼忙亂收拾便叫賈芹躲開賈芹因多喝了幾杯便道我是送月錢來的怕什麼話猶未完已見賴大進來見這般樣子心裡大怒為的是賈政吩咐不許聲張只得含糊裝

笑道芹大爺也在這裡呢麽賈芹連忙站起來道賴大爺你來作什麽賴大說大爺在這裡更好快快叫沙彌道士收拾上車進城宮裡傳呢賈芹等不知原故還要細問賴大說天已不早了快快的好赶進城衆女孩子只得一齊上車賴大騎着大走騾押着赶進城不題却說賈政知道這事氣的衙門也不能上了獨坐在內書房嘆氣賈璉也不敢走開忽見門上的進來稟道衙門裡今夜該班是張老爺因張老爺病了有知會來請老爺補一班賈政正等賴大回來要辦賈芹此時又要該班心裡納悶也不言語賈璉走上去說道賴大是飯後出去的水月菴離城二十來里就赶進城也得二更天今日又是老爺的帮班

請老爺只管去賴大來了叫他押着也別聲張等明兒老爺回來再發落倘或芹兒來了也不用說明看他明兒見了老爺怎麽樣說賈政聽來有理只得上班去了賈璉抽空纔要回到自已房中一面走着心裡抱怨鳳姐出的主意欲要埋怨因他病着只得隱忍慢慢的走着且說那些下人一人傳十傳到裡頭先是平兒知道即忙告訴鳳姐鳳姐因那一夜不好懨懨的總沒精神正是惦記鐵檻寺的事情聽見外頭貼了匿名揭帖的一句話嚇了一跳忙問貼的是什麽平兒隨口答應不留神就錯說了道没要緊是饅頭菴裡的事情鳳姐本是心虛聽見饅頭菴的事情這一嚇直唬怔了一句話没說出來急火上攻眼

前發暈咳嗽了一陣便歪倒了兩隻眼却只是發怔平兒慌了說道水月菴裡不過是女沙彌女道士的事奶奶着什麽急呢鳳姐聽是水月菴纔定了定神道嗳糊塗東西到底是水月菴是饅頭菴呢平兒道是我頭裡錯聽了饅頭菴後來聽見不是饅頭菴是水月菴我剛纔也就說溜了嘴說成饅頭菴了鳳姐道我就知道是水月庵那饅頭庵與我什麽相干原是這水月庵是我叫芹兒管的大約刻扣了月錢平兒道我聽着不像月錢的事還有些腌臢話呢鳳姐道我更不管那個你二爺那裡去了平兒說聽見老爺生氣他不敢走開我聽見事情不好我吩咐這些人不許吵嚷不知太太們知道了沒有就聽見說老

爺叫賴大拿這些女孩子去了且叫人前頭打聽打聽奶奶現在病着依我竟先别管他們的閑事正說着只見賈璉進來鳳姐欲待問他見賈璉一臉怒氣暫且裝作不知賈璉沒吃完飯旺兒來說外頭請爺呢賴大回來了賈璉道芹兒來了沒有旺兒道也來了賈璉便道你去告訴賴大說老爺上班兒去了把這些個女孩子暫且收在園裡明日等老爺回來送進宮去只叫芹兒在內書房等着我旺兒去了賈芹走進書房只見那些下人指指戳戳不知說什麽看起這個樣兒來不像宮裡要人想着問人又問不出來正在心裡疑惑只見賈璉走出來賈芹便請了安垂手侍立說道不知道娘娘宮裡即刻傳那些孩子

們做什麼叫姪兒好趕幸喜姪兒今兒送月錢去還沒有走便同着賴大來了二叔想來是知道的賈璉道我知道什麼你纔是明白的呢賈芹摸不著頭腦兒也不敢再問賈璉道你幹的好事啊把老爺都氣壞了賈芹道姪兒沒有幹什麼菴裡月錢是月月給的孩子們經懺是不忘的賈璉見他不知又是平素常在一處頑笑的便嘆口氣道打嘴的東西你各自去瞧瞧罷便從靴掖兒裡頭拿出那個揭帖來扔與他瞧賈芹拾來一看嚇得面如土色說道這是誰幹的我並沒得罪人為什麼這麼坑我我一月送錢去只走一趟並沒有這些事若是老爺回來打着問我姪兒就屈死了我母親知道更要打死說着見沒人在旁邊便跪下央及道好叔叔救我一救兒罷說着只管磕頭

滿眼流淚賈璉想道老爺最惱這些要是問准了有這些事這場氣也不小鬧出去也不好聽又長那個貼帖兒的人的志氣了將來偺們的事多着呢倒不如趁着老爺上班兒和賴大商量着要混過去就可以沒事了現在沒有對証想定主意便說你別瞞我你幹的鬼兒你打諒我都不知道呢若要完事除非是老爺打着問你你只一口咬定沒有纔好沒臉的東西起去罷叫人去叫賴大不多時賴大來了賈璉便和他商量賴大說這芹大爺本來鬧的不像了奴才今兒到菴裡的時候他們正在那裡喝酒呢帖兒上的話一定是有的賈璉道芹兒你聽賴

大遲賴你不成賈芹此時紅漲了臉一何也不敢言語還是賈璉拉着賴大央他護庇護庇罷只說芹哥兒是在家裡找了來的你帶了他去只說沒有見我明日你求老爺也不用問那些女孩子了竟是叫了媒人來領了去一賣完事果然娘娘再要的時候兒偺們再買賴大想來鬧也無益且名聲不好也就應了賈璉叫賈芹跟了賴大爺去罷聽着他教你你就跟着他說罷賈芹又磕了一個頭跟著賴大出去到了沒人的地方兒又給賴大磕頭賴大說我的小爺你太鬧的不像了不知得罪了誰鬧出這個亂兒來你想想誰和你不對罷賈芹想了一會子並無不對人的只得無精打彩跟着賴大走回未知如何抵賴且聽下回分解

紅樓夢第九十三回終

是幹了一個人幹了混賬事也肯應承麼但只我想芹兒也不敢行此事知道那些女孩子都是娘娘一時要叫的倘或鬧出事來怎麼樣呢依侄兒的主見要問也不難若問出來太太怎麼個辦法呢王夫人道如今那些女孩子在那裏賈璉道都在園裏鎖着呢王夫人道姑娘們知道不知道賈璉道大約姑娘們也都知道是預備宮裏頭的話外頭並沒提起別的來王夫人道狠是這些東西一刻也是留不得的頭裏我原要打發他們去來著都是你們說留着好如今不是弄出事來了麼你竟叫賴大帶了去細細兒的問他的本家兒有人沒有將文書查出花上幾十兩銀子僱隻船派個妥當人送到本地一槩連文

書發還了也落得無事若是爲着一兩個不好個個都押着他們還俗那又太造孽了若在這裏發給官媒雖然我們不要身價他們弄去賣錢那裏顧人的死活呢芹兒呢你便狠狠的說他一頓除了祭祀喜慶無事叫他不用到這裏來看仔細碰在老爺氣頭兒上那可就吃不了兜著走了也說給賬房兒裏把這一項錢糧檔子銷了還打發個人到水月菴說老爺的諭除了上坟燒紙要有本家爺們到他那裏去不許接待若再有一點不好風聲連老姑子一塊兒攆出去賈璉一一答應了出去將王夫人的話告訴賴大說太太的主意叫你這麼辦辦完了告訴我去回太太你快辦去罷回來老爺來你也按著太太的

話回去賴大聽說便道我們太太真正是個佛心這班東西還着人送回去既是太太好心不得不挑個好人芹哥兒竟交給二爺開發了罷那貼帖兒的奴才想法兒查出來重重的收拾他纔好賈璉點頭說是了即刻將賈芹發落賴大也赶着把女尼等領出按著主意辦去了晚上賈政回來賈璉賴大回明賈政賈政本是省事的人聽了也便撂開手了獨有那些無賴之徒聽得賈府發出二十四個女孩子來那個不想究竟那些人能彀回家不能未知着落亦難虛擬且說紫鵑因黛玉漸好園中無事聽見女尼等預備宮內使喚不知何事便到賈母那邊打聽打聽恰遇着鴛鴦下來閒着坐下說閒話兒提起女尼的事鴛鴦詫異道我並沒有聽見回來問問二奶奶就知道了正說着只見傅試家兩個女人過來請賈母的安鴛鴦要陪了上去那兩個女人因賈母正睡晌覺就與鴛鴦說了一聲兒回去了紫鵑問這是誰家差來的鴛鴦道好討人嫌家裡有了一個女孩兒長的好些兒就獻寶的是的常在老太太跟前誇他們姑娘怎麼長的好心地兒怎麼好禮貌上又好說話兒又簡絕做活計兒手兒又巧會寫會筭尊長上頭最孝敬的就是待下人也是極和平的來了就編這麼一大套常說給老太太聽我聽着狠煩這幾個老婆子真討人嫌我們老太太偏愛聽那些個話老太太也罷了還有寶玉素常見了老婆子便狠厭煩的

偏見了他們家的老婆子就不厭煩你說奇不奇前兒還來說他們姑娘現有多少人家兒来求親他們老爺總不肯應心裡只要和偺們這樣人家作親纔肯誇獎一回奉承一回把老太太的心都說活了紫鵑聽了一呆便假意道若太太喜歡爲什麽不就給寶玉定了呢鴛鴦正要說出原故聽見上頭說老太太醒了鴛鴦赶着上去紫鵑只得起身出來囬到園裡一頭走一頭想道天下莫非只有一個寶玉你也想他我也想他我們家的那一位越發痴心起来了看他的那個神情兒是一定在寶玉身上的了三番兩次的病可不是爲着這個是什麽這家裡金的銀的還鬧不清再添上一個什麽傳姑娘更了不得了我看寶玉的心也在我們那一位的身上啊聽着鴛鴦的話竟是見一個愛一個的這不是我們姑娘白操了心了嗎紫鵑本是想著黛玉往下一想連自已也不得主意了不免神都痴了要想叫黛玉不用瞎操心呢又恐怕他煩惱要是看著他這樣又可憐見兒的左思右想一時煩躁起來自已啐自已道你替人耽什麽憂就是林姑娘真配了寶玉他的那性情兒也是難伏侍的寶玉性情雖好又是貪多嚼不爛的我倒勸人不必瞎操心我自已纔是瞎操心呢從今已後我盡我的心伏侍姑娘其餘的事全不管這麽一想心裡倒覺清淨回到瀟湘館来見黛玉獨自一人坐在炕上理從前做過的詩文詞稿抬頭見紫

鵑進來便問你到那裡去了紫鵑道今兒瞧了瞧姐妹們去黛玉道可是找襲人姐姐去麼紫鵑道我找他做什麼黛玉一想這話怎麼順嘴說出來了呢反覺不好意思便啐道你找不找與我什麼相干倒茶去罷紫鵑也心裡暗笑出來倒茶只聽園裡一疊聲亂嚷不知何故一面倒茶一面叫人去打聽回來說道怡紅院裡的海棠本來萎了幾棵也沒人去澆灌他昨日寶玉走去瞧見枝頭上好像有了骨朶兒是的人都不信沒有理他忽然今日開的很好的海棠花衆人咤異都爭著去看連老太太太太都鬧動了來瞧花兒呢所以大奶奶叫人收拾園裡的樹葉子這些人在那裡傳喚黛玉也聽見了知道老太太來

便更了衣叫雪雁去打聽若是老太太來了卽來告訴我雪雁去不多時便跑來說老太太太太好些人都來了請姑娘就去罷黛玉略自照了一照鏡子掠了一掠鬢髮便扶着紫鵑到怡紅院來已見老太太坐在寶玉常卧的榻上黛玉便說道請老太太安退後便見了邢王二夫人回來與李紈探春惜春邢岫烟彼此問了好只有鳳姐因病未來史湘雲因他叔叔調任回京接了家去薛寶琴跟他姐姐家去住了李家姐妹因見園內多事李嬸娘帶了在外居住所以黛玉今日見的只有數人大家說笑了一回講究這花開得古怪賈母道這花兒應在三月裡開的如今雖是十一月因節氣遲還算十月應著小陽春的

天氣因爲和暖開花也是有的王夫人道老太太見的多說得是也不爲奇邢夫人道我聽見這花已經萎了一年怎麽這回不應時候兒開了必有個原故李紈笑道老太太和太太說的都是據我的糊塗想頭必是寶玉有喜事來了此花先來報信探春雖不言語心裡想道必非好兆大凡順者昌逆者亡草木知運不時而發必是妖孽但只不好說出來獨有黛玉聽說是喜事心裡觸動便高興說道當初田家有荆樹一棵弟兄三個因分了家那荆樹便枯了後来感動了他弟兄們仍舊歸在一處那荆樹也就榮了可知草木也隨人的如今二哥哥認真念書舅舅喜歡那棵樹也就發了賈母王夫人聽了喜歡便說林

姑娘比方得有理狠有意思正說着賈赦賈政賈環賈蘭都進來看花賈赦便說據我的主意把他砍去必是花妖作怪賈政道見怪不怪其怪自敗不用砍他隨他去就是了賈母聽見便說誰在這裡混說人家有喜事好處什麽怪不怪的若有好事你們享去若是不好我一個人當去你們不許混說賈政聽了不敢言語訕訕的同賈赦等走了出來那賈母高興叫人傳話到厨房裡快快預備酒席大家賞花叫寶玉環兒蘭兒各人做一首詩誌喜林姑娘的病纔好別叫他費心若高興給你們改改對着李紈道你們都陪我喝酒李紈答應了是便笑對探春笑道都是你鬧的探春道饒不叫我們做詩怎麽我們鬧的李

紈道海棠社不是你起的麼如今那棵海棠也要來入社了大家聽著都笑了一時擺上酒菜一面喝着彼此都要討老太太的喜歡大家說些興頭話寶玉上來斟了酒便立成了四句詩寫出來念與賈母聽道

海棠何事忽摧隤　今日繁花為底開

應是北堂增壽考　一陽旋復占先梅

賈環也寫了來念道

草木逢春當茁芽　海棠未發候偏差

人間奇事知多少　冬月開花獨我家

賈蘭恭楷謄正呈與賈母賈母命李紈念道

烟凝媚色春前萎　霜浥微紅雪後開

莫道此花知識淺　欣榮預佐合歡盃

賈母聽畢便說我不大懂詩聽去倒是蘭兒的好環兒做的不好都上來吃飯罷寶玉看見賈母喜歡更是興頭因想起晴雯死的那年海棠死的今日海棠復榮我們院內這些人自然都好但是晴雯不能像花的死而復生了頓覺轉喜為悲忽又想起前日巧姐提鳳姐要把五兒補入或此花為他而開也未可知却又轉悲為喜依舊說笑賈母還坐了半天然後扶了珍珠回去了王夫人等跟着過來只見平兒笑嘻嘻的迎上來說我們奶奶知道老太太在這裡賞花自已不得來叫奴才來伏侍

老太太太太們還有兩疋紅送給寶二爺包裹這花當作賀禮襲人過來接了呈與賈母看賈母笑道偏是鳳丫頭行出點事兒來叫人看着又體面又新鮮狠有趣兒襲人笑着向平兒道回去替寶二爺給二奶奶道謝要有喜大家喜賈母聽了笑道嗳喲我還忘了呢鳳丫頭雖病着還是他想的到送的也巧一面說着衆人就隨着去了平兒私與襲人道奶奶說這花兒開的怪叫你鉸塊紅紬子掛掛就應在喜事上去了巳後也不必只管當作奇事混說襲人點頭答應送了平兒出去不題且說那日寶玉本來穿着一裏圓的皮袄在家歇息因見花開只管出來看一回賞一回歎一回愛一回的心中無數悲喜離合都

弄到這株花上去了忽然聽說賈母要來便去換了一件狐腋箭袖罩一件元狐腿外褂出來迎接賈母匆匆穿換未將通靈寶玉掛上及至後來賈母去了仍舊換衣襲人見寶玉脖子上沒有掛着便問那塊玉呢寶玉道剛纔忙亂換衣摘下來放在炕桌上我沒有帶襲人回看桌上並沒有玉便向各處找尋踪影全無嚇得襲人滿身冷汗寶玉道不用着急少不得在屋裡的問他們就知道了襲人當作麝月等藏起嚇他頑便向麝月等笑着說道小蹄子們頑呢到底有個頑法把這件東西藏在那裡了別真弄丢了那可就大家活不成了麝月等都正色道這是那裡的話頑是頑笑是笑這個事非同兒戲你可別混說

一般找了一天總無影響李紈急了說這件事不是頑的我要說句無禮的話了衆人道什麼話李紈道事情到了這裡也顧不得了現在園裡除了寶玉都是女人要求各位姐姐妹妹姑娘都要叫跟來的丫頭脫了衣服大家搜一搜若沒有再叫丫頭們去搜那些老婆子並粗使的丫頭不知使得使不得大家說道這話也說的有理現在人多手亂魚龍混雜倒是這麼着他們也洗洗清探春獨不言語那些丫頭們也都願意洗淨自巳先是平兒起平兒說道打我先搜起於是各人自已解懷李紈一氣兒混搜探春嗔着李紈道大嫂子你也學那起不成材料的樣子來了那個人既偷了去還肯藏在身上況且這件東西在家裡是寶到了外頭不知道的是廢物偷他做什麼我想來必是有人使促狹衆人聽說又見環兒不在這裡昨兒是他滿屋裡亂跑都疑到他身上只是不肯說出來探春又道使促狹的只有環兒你們叫個人去悄悄的叫了他來背地裡哄着他叫他拿出來然後嚇着他叫他別聲張就完了大家點頭李紈便向平兒道這件事還得你去纔弄的明白平兒答應就赶着去了不多時同着賈環來了衆人假意裝出沒事的樣子叫人沏了茶擱在裡間屋裡衆人故意搭赸走開原叫平兒哄他平兒便笑着向賈環道你二哥哥的玉丟了你瞧見了沒有賈環便急的紫漲了臉瞪着眼說道人家丟了東西你怎麼又叫

我來查問疑我我是犯過案的賊麼平兒見這樣子倒不敢再問便又陪笑道不是這麼說怕三爺要拿了去嚇他們所以白問問瞧見了沒有好叫他們找賈環道他的玉在他身上看見沒看見該問他怎麼問我你們都捧着他得了什麼不問我丟了東西就來問我說著起身就走衆人不好攔他這裏寶玉倒急了說道都是這勞什子鬧事我也不要他了你們也不用鬧了環兒一去必是嚷的滿院裏都知道了這可不是鬧事了麼襲人等急的又哭道小祖宗兒你看這玉丟了沒要緊要是上頭知道了我們這些人就要粉身碎骨了說着便嚎啕大哭起來衆人更加着急明知此事掩飾不來只得要商議定了話

回來好回賈母諸人寶玉道你們竟也不用商量硬說我砸了就完了平兒道我的爺好輕巧話兒上頭要問為什麼砸的呢他們也是個死啊倘或要起砸破的碴兒來那又怎麼樣呢寶玉道不然就說我出門丟了衆人一想這句話倒還混的過去但只這兩天又沒上學又沒往別處去寶玉道怎麼沒有大前兒還到臨安伯府裏聽戲去了呢就說那日丟的就完了探春道那也不妥既是前兒丟的為什麼當日不來回衆人正在胡思亂想要裝點撒謊只聽見趙姨娘的聲兒哭着喊着走來說你們丟了東西自己不找怎麼叫人背地裏拷問環兒我把環兒帶了來索性交給你們這一起洑上水的該殺該剮隨你們

罷說着將環兒一推說你是個賊快快的招罷氣的環兒也哭
喊起來李紈正要勸解丫頭來說太太來了襲人等此時無地
可容寶玉等趕忙出來迎接趙姨娘暫且也不敢作聲跟了出
來王夫人見衆人都有驚惶之色纔信方纔聽見的話便道那
塊玉眞丟了麽衆人都不敢作聲王夫人走進屋裡坐下便叫
襲人慌的襲人連忙跪下含淚要禀王夫人道你起來快快叫
人細細的找去一忙亂倒不好了襲人哽咽難言寶玉恐襲人
直告訴出來便說道太太這事不與襲人相干是我前日到臨
安伯府裡聽戲在路上丟了王夫人道爲什麽那日不找呢寶
玉道我怕他們知道沒有告訴他們我叫焙茗等在外頭各處

找過的王夫人道胡說如今脫換衣服不是襲人他們伏侍的
麽大凡哥兒出門回來手巾荷包短了還要個明白何況這塊
玉不見了難道不問麽寶玉無言可答趙姨娘聽見便得意了
忙接口道外頭丟了東西也賴環兒話未說完被王夫人喝道
這裡說這個你且說那些沒要緊的話趙姨娘便也不敢言語
了還是李紈探春從實的告訴了王夫人一遍王夫人也急的
眼中落淚索性要回明了賈母去問邢夫人那邊來的這些人
去鳳姐病中也聽見寶玉失玉知道王夫人過來料躲不住便
扶了豐兒來到園裡正值王夫人起身要走鳳姐嬌怯怯的說
請太太安寶玉等過來問了鳳姐好王夫人因說道你也聽見

了麼這可不是奇事嗎剛纔眼錯不見就丟了再找不着你去想想打老太太那邊的丫頭起至你們平兒誰的手不穩誰的心促狹我要回了老太太認真的查出來纔好不然是斷了寶玉的命根子了鳳姐回道偺們家人多手雜自古說的知人知面不知心那裡保的住誰是好的但只一吵嚷已經都知道了偷玉的人要叫太太查出來明知是死無葬身之地他着了急反要毀壞了滅口那時可怎麼處呢據我的糊塗想頭只說寶玉本不愛他撂丟了也沒有什麼要緊只要大家嚴密些別叫老太太老爺知道這麼說了暗暗的派人去各處察訪哄騙出來那時玉也可得罪名也可定不知太太心裡怎麼樣王夫人

遲了半日纔說道你這話雖也有理但只是老爺跟前怎麼瞞的過呢便叫環兒來說道你二哥哥的玉丟了白問了你一句怎麼你就亂嚷要是嚷破了人家把那個毀壞了我看你活得活不得賈環嚇得哭道我再不敢嚷了趙姨娘聽了那裡還敢言語王夫人便吩咐衆人道想來自然有沒找到的地方兒好端端的在家裡的還怕他飛到那裡去不成只是不許聲張限襲人三天內給我找出來要是三天找不着只怕也瞞不住大家那就不用過安靜日子了說着便叫鳳姐兒跟到邢夫人那邊商議踹緝不題這裡李紈等紛紛議論便傳喚看園子的一干人來叫把園門鎖上快傳林之孝家的來悄悄兒的告訴了

他叫他吩咐前後門上三天之內不論男女下人從裡頭可以走動要出去時一槩不許放出只說裡頭丟了東西等這件東西有了着落然後放人出來林之孝家的答應了是因前兒奴才家裡也丟了一件不要緊的東西林之孝必要明白上街找出了一個測字的那人叫做什麼劉鐵嘴測了一個字說的狠明白回來按着一找就找着了襲人聽見便央及林家的道好林奶奶出去快求林大爺替我們問問去那林之孝家的答應着出去了邢岫烟道若說那外頭測字打卦的是不中用的我在南邊聞妙玉能扶乩何不煩他問一問况且我聽見說這塊玉原有仙机想來問的出來衆人都詫異道偺們常見的從

沒有聽他說起麝月便忙問岫烟道想來別人求他是不肯的好姑娘我給姑娘磕個頭求姑娘就去若問出來了我一輩子總不忘你的恩說着赶忙就要磕下頭去岫烟連忙攔住黛玉等也都慫恿着岫烟速往櫳翠菴去一面林之孝家的進來說道姑娘們大喜林之孝測了字回來說這玉是丟不了的將来橫竪有人送還來的衆人聽了也都半信半疑惟有襲人麝月喜歡的了不得探春便問測的是什麼字林之孝家的道他的話多奴才也學不上來記得是拈了個賞人東西的賞字那劉鐵嘴也不問便說丟了東西不是李紈道這就算好林之孝家的道他還說賞字上頭一個小字底下一個口字這件東西狠

紅樓夢第九十五回

因訛成實元妃薨逝　以假混真寶玉瘋顛

話說焙茗在門口和小丫頭子說寶玉的玉有了那小丫頭急忙回來告訴寶玉衆人聽了都推着寶玉出去問他衆人在廊下聽着寶玉也覺放心便走到門口問道你那裡得了快拿來焙茗道拿是拿不來的還得托人做保去呢寶玉道你快說是怎麼得的我好叫人取去焙茗道我在外頭知道林爺爺去測字我就跟了去我聽見說在當鋪裡我我沒等他說完便跑到幾個當鋪裡去我比給他們瞧有一家便說有我說給我罷那鋪子裡要票子我說當多少錢他說三百錢的也有五百錢的也有前兒有一個人拿這麼一塊玉當了三百錢去今兒又有人也拿一塊玉當了五百錢去寶玉不等說完便道你快拿三百五百錢去取了來我們挑着看是不是裡頭襲人便啐道二爺不用理他我小時候兒聽見我哥哥常說有些人賣那些小玉兒沒錢用便去當想來是家家當鋪裡有的衆人正在聽得咤異被襲人一說想了一想倒大家笑起來說快叫二爺進來叫他不用理那糊塗東西了他說的那些玉想來不是正經東西寶玉正笑著只見岫烟來了原來岫烟走到櫳翠菴見了妙玉不及閒話便求妙玉扶乩妙玉冷笑幾聲說道我與姑娘來往為的是姑娘不是勢利場中的人今日怎麼聽了那裡的謠言

過來纏我況且我並不曉得什麼叫扶乩說着將要不理岫烟
懊悔此來知他脾氣是這麼着的一時我已說出不好白回去
又不好與他質証他會扶乩的話只得陪着笑將襲人等性命
關係的話說了一遍見妙玉略有活動便起身拜了幾拜妙玉
嘆道何必爲人作嫁但是我進京以來素無人知今日你來破
例恐將來纏繞不休岫烟道我也一時不忍知你必是慈悲的
便是將來他人求你願不願在你誰敢相強妙玉笑了一笑叫
道婆焚香在箱子裡找[illegible]盤乩架書了符命岫烟行禮祝告
畢起來同妙玉扶着乩不多時只見那仙乩疾書道
噫來無跡去無踪青埂峰下倚古松欲追尋山萬重入我

門來一笑逢
書畢停了乩岫烟便問請的是何仙妙玉道請的是拐仙岫烟
錄了出來請教妙玉識[illegible]道這個可不能連我也不懂你快
拿去他們的聰明人多着呢岫烟只得回來進入院中各人都
問怎麼樣了岫烟不及細說便將所錄乩語遞與李紈衆姊妹
及寶玉爭看都解的是一時要找是找不着的然而丟是丟不
了的不知幾時不找便出來了但是青埂峯不知在那裡李紈
道這是仙機隱語咱們家裡那裡跑出青埂峯來必是誰怕查
出撂在有松樹的山子石底下也未可定獨是入我門來這句
到底是入誰的門呢黛玉道不知請的是誰岫烟道拐仙探春

道若是仙家的門便難入了襲人心裡着忙便捕風捉影的混找沒一塊石底下不找到只是沒有回到院中寶玉也不問有無只管傻笑麝月着急道小祖宗你到底是那裡丟的說明了我們就是受罪也在明處啊寶玉笑道我說外頭丟的你們又不依你如今問我我知道麼李紈探春道今兒從早起鬧起已到三更來的天了你瞧林妹妹已經掌不住各自去了我們也該歇歇兒了明兒再鬧罷說着大家散去寶玉即便睡下可憐襲人等哭一回想一回一夜無眠暫且不題且說黛玉先自回去想起金石的舊話來反自歡喜心裡也道和尚道士的話真個信不得果真金玉有緣寶玉如何能把這玉丟了呢或者因

我之事拆散他們的金玉也未可知想了半天更覺安心把這一天的勞乏竟不理會重新倒看起書來紫鵑倒覺身倦連催黛玉睡下黛玉雖躺下又想到海棠花上說這塊玉原是胎裡帶來的非比尋常之物來去自有關係若是這花主好事呢不該失了這玉呀看來此花開的不祥莫非他有不吉之事不覺又傷起心來又轉想到喜事上頭此花又似應開此玉又似應失如此一悲一喜直想到五更方睡著次日王夫人等早派人到當鋪裡去查問鳳姐暗中設法找尋一連鬧了幾天總無下落還喜賈母賈政未知襲人等每日提心吊膽寶玉也好幾天不上學只是怔怔的不言不語沒心沒緒的王夫人只知他因

奏明即召太醫治調豈知湯藥不進連用通關之劑並不見效內官憂慮奏請預辦後事所以傳旨命賈氏椒房進見賈母王夫人遵旨進宮見元妃痰塞口涎不能言語見了賈母只有悲泣之狀却沒眼淚賈母進前請安奏些寬慰的話少時賈政等職名遞進宮嬪傳奏元妃目不能顧漸漸臉色改變內官太監即要奏聞恐派各妃看視椒房姻戚未便久羈請在外宮伺候賈母王夫人怎忍便離無奈國家制度只得下來又不敢啼哭惟有心內悲感朝門內官員有信不多時只見太監出來立傳欽天監賈母便知不好尚未敢動稍刻小太監傳諭出來說賈娘娘薨逝是年甲寅年十二月十八日立春元妃薨日是十二

月十九日已交卯年寅月存年四十三歲賈母含悲起身只得出宮上轎回家賈政等亦已得信一路悲戚到家中邢夫人李紈鳳姐寶玉等出廳分東西迎着賈母請了安並賈政王夫人請安大家哭泣不題次日早起凡有品級的按貴妃喪禮進內請安哭臨賈政又是工部雖按照儀注辦理未免堂上又要周旋他些同事又要請教他所以兩頭更忙非比從前太后與周妃的喪事了但元妃並無所出惟謚曰賢淑貴妃此是王家制度不必多贅只講賈府中男女天天進宮忙的了不得幸喜鳳姐兒近日身子好些還得出來照應家事又要預備王子騰進京接風賀喜鳳姐胞兄王仁知道叔叔入了內閣仍帶家眷來

京鳳姐心裡喜歡便有些心病有這些娘家的人也便擱開所以身子倒覺比先好了些王夫人看見鳳姐照舊辦事又把擔子卸了一半又眼見兄弟來京諸事放心倒覺安靜些獨有寶玉原是無職之人又不念書代儒學裡知他家裡有事也不來管他賈政正忙自然沒有空兒查他想來寶玉趁此機會竟可與姊妹們天天暢樂不料他自失了玉後終日懶怠走動說話也糊塗了并賈母等出門回來有人叫他去請安便去沒人叫他他也不動襲人等懷着鬼胎又不敢去招惹他恐他生氣每天茶飯端到面前便吃不來也不要襲人看這光景不像是有氣竟像是有病的襲人偷着空兒到瀟湘館告訴紫鵑說是二爺這麼着求姑娘給他開導開導紫鵑雖即告訴黛玉只因黛玉想著親事上頭一定是自己了如今見了他反覺不好意思若是他來呢原是小時在一處的也難不理他若說我去找他斷斷使不得所以黛玉不肯過來襲人又背地裡去告訴探春那知探春心裡明明知道海棠開得異怪寶玉失的更奇接連着元妃姐姐薨逝諒家道不祥日日愁悶那有心腸去勸寶玉況兄妹們男女有別只好過來一兩次寶玉又終是懶懶的所以也不大常來寶釵也知失玉因薛姨媽那日應了寶玉的親事回去便告訴了寶釵薛姨媽還說雖是你姨媽說了我還沒有應準說等你哥哥回來再定你願意不願意寶釵反正色的

對母親道媽媽這話說錯了女孩兒家的事情是父母作主的如今我父親沒了媽媽應該作主的再不然問哥哥怎麼問起我來所以薛姨媽更愛惜他說他雖是從小嬌養慣的却也生來的貞靜因此在他面前反不提起寶玉了寶釵自從聽此一說把寶玉兩字自然更不提起了如今雖然聽見失了玉心裡也甚驚疑倒不好問只得聽旁人說去竟像不與自己相干的只有薛姨媽打發了頭過來了好幾次問信因他自己的兒子薛蟠的事焦心只等哥哥進京便好爲他出脫罪名又知元妃已薨雖然賈府忙亂却得鳳姐好了出來理家所以也不大過這邊來這裡只苦了襲人在寶玉跟前低聲下氣的伏侍勸慰寶玉竟是不懂襲人只有暗暗的着急而已過了幾日元妃停靈寢廟賈母等送殯去了幾天豈知寶玉一日獃似一日也不發燒也不疼痛只是吃不像吃睡不像睡甚至說話都無頭緒那襲人麝月等一發慌了回過鳳姐幾次鳳姐不時過來起先道是找不着玉生氣如今看他失魂落魄的樣子只有日日請醫調治煎藥吃了好幾劑只有添病的沒有減病的及至問他那裡不舒服寶玉也不說出來直至元妃事畢賈母惦記寶玉親自到園看視王夫人也隨過來襲人等叫寶玉接出去請安寶玉雖說是病每日原起來行動今日叫他接賈母去他依然仍是請安惟是襲人在旁扶着指教賈母見了便道我的兒我

打諒你怎麼病著故此過來瞧你今你依舊的模樣兒我的心放了好些王夫人也自然是寬心的但寶玉並不回答只管嘻嘻嘻的笑賈母等進屋坐下問他的話襲人教一句他說一句大不似往常直是一個傻子是的賈母愈看愈疑便說我纔進來看時不見有什麼病如今細細一瞧這病果然不輕竟是神魂失散的樣子到底因什麼起的呢王夫人知事難瞞又瞧瞧襲人怪可憐的樣子只得便依着寶玉先前的話將那往臨安伯府裡去聽戲時丟了這塊玉的話悄悄的告訴了一遍心裡也徬徨的狠生恐賈母着急并說現在着人在四下裡找尋求籤問卦都說在當舖裡找少不得找着的賈母聽了急得站起來

眼淚直流說道這件玉如何是丟得的你們忒不懂事了難道老爺也是撂開手的不成王夫人知賈母生氣叫襲人等跪下自己斂容低首回說媳婦恐老太太着急老爺生氣都沒敢回賈母咳道這是寶玉的命根子因丟了所以他這麼失魂喪魄的還了得這玉是滿城裡都知道的誰撿了去肯叫你們找出來麼叫人快快請老爺我與他說那時嚇得王夫人襲人等俱哀告道老太太這一生氣回來老爺更了不得了現在寶玉病着交給我們盡命的找來就是了賈母道你們怕老爺生氣有我呢便叫麝月傳人去請不一時傳話進來說老爺謝客去了賈母道不用他也使得你們便說我說的話暫且也不用責罰

下人我便叫璉兒來寫出賞格懸在前日經過的地方便說有人撿得送來者情愿送銀一萬兩如有知人撿得送信找得者送銀五千兩如真有了不可吝惜銀子這麽一找少不得就找出來了若是靠着偺們家幾個人找就找一輩子也不能得王夫人也不敢直言賈母傳話告訴賈璉叫他速辦去了賈母便叫人將寶玉動用之物都搬到我那裡去只派襲人秋紋跟過來餘者仍留園內看屋子寶玉聽了總不言語只是傻笑賈母便攜了寶玉起身襲人等攙扶出園回到自己房中叫王夫人坐下看人收拾裡間屋內安置便對王夫人道你知道我的意思麽我為的是園裡人少怡紅院的花樹忽萎忽開有些奇怪

頭裡仗着那塊玉能除邪祟如今玉丟了只怕邪氣易侵所以我帶過他來一塊兒住着這幾天也不用叫他出去大夫來就在這裡瞧王夫人聽說便接口道老太太想的自然是如今寶玉同着老太太住了老太太的福氣大不論什麽都壓住了賈母道什麽福氣不過我屋裡乾淨些經卷也多都可以念念定定心神你問寶玉好不好那寶玉見問只是笑襲人叫他說好寶玉也就說好王夫人見了這般光景未免落淚在賈母這裡不敢出聲賈母知王夫人着急便說道你回去罷這裡有我調停他晚上老爺回來告訴他不必來見我不許言語就是了王夫人去後賈母叫鴛鴦找些安神定魄的藥按方吃了不題且

訴賈政當晚囘家在車內聽見道兒上人說道人要發財也容易的狠那個問道怎麼見得這個人又道今日聽見榮府裡丟了什麼哥兒的玉了貼着招帖兒上頭寫着玉的大小式樣顏色說有人檢了送去就給一萬兩銀子送信的還給五千呢賈政雖未聽得如此真切心裡咤異急忙趕囘便叫門上的人問起那事來門上的人禀道奴才頭裡也不知道今兒晌午璉二爺傳出老太太的話叫人去貼帖兒纔知道的賈政便嘆氣道家道該衰偏生養這麼一個孽障纔養他的時候滿街的謠言隔了十幾年畧好了些這會子又大張曉諭的找玉成何道理說着忙走進裡頭去問王夫人王夫人便一五一十的告訴賈

政知是老太太的主意又不敢違拗只抱怨王夫人幾句又走出來叫瞞着老太太背地裡揭了這個帖兒下來豈知早有那些遊手好閒的人揭了去了過了些時竟有人到榮府門上口稱送玉來的家人們聽見喜歡的了不得便說拿來我給你囘去那人便懷內掏出賞格來指給門上的人瞧說這不是你們府上的帖子寫明送玉的給銀一萬兩二太爺你們這會子瞧我窮囘來我得了銀子就是財主了别這麼待理不理的門上人聽他的話頭兒硬便說道你到底畧給我瞧瞧我好給你囘那人初到不肯後來聽人說得有理便掏出那玉托在掌中一揚說這是不是衆家人原是在外服役只知有玉也不常見今

日纔看見這玉的模樣兒了急忙跑到裡頭搶頭報的是的那日賈政賈赦出門只有賈璉在家衆人回明賈璉還問真不真門上人口稱親眼見過只是不給奴才要見主子一手交銀一手交玉賈璉却也喜歡忙去禀知王夫人卽便回明賈母把個襲人樂的合掌念佛賈母並不改口一疊連聲快叫璉兒請那人到書房裡坐著將玉取來一看卽便給銀賈璉依言請那人進來當客待他用好言道謝要借這玉送到裡頭本人見了謝銀分厘不短那人只得將一個紅紬子包兒送過去賈璉打開一看可不是那一塊晶瑩美玉嗎賈璉素昔原不理論今日倒要看看看了半日上面的字也彷彿認得出來什麼除邪祟等

字賈璉看了喜之不勝便叫家人伺候忙忙的送與賈母王夫人認去這會子驚動了合家的人都等著爭看鳳姐見賈璉進來便劈手奪去不敢先看送到賈母手裡賈璉笑道你這麼一點兒事還不叫我獻功呢賈母打開看時只見那玉比先前昏暗了好些一面用手擦摸鴛鴦拿上眼鏡兒來戴着一瞧說奇怪這塊玉倒是的怎麼把頭裡的寶色都沒了呢王夫人看了一會子也認不出便叫鳳姐過來看鳳姐看了道像倒像只是顏色不大對不如叫寶兄弟自己一看就知道了襲人在旁也看著未必是那一塊只是盼得的心盛也不敢說出不像來鳳姐于是從賈母手中接過來同著襲人拿來給寶玉瞧這時寶

玉正睡着纔醒鳳姐告訴道你的玉有了寶玉睡眼朦朧接在手裡也沒瞧便往地下一撂道你們又來哄我了說着只是冷笑鳳姐連忙拾起來道這也就奇了怎麽你沒瞧就知道呢寶玉也不答言只管笑王夫人也進屋裡來了見他這樣便道這不用說了他那玉原是胎裡帶來的一宗古怪東西自然他有道理想來這個必是人家見了帖兒照樣兒做的大家此時恍然大悟賈璉在外間屋裡聽見這個話便說道既不是快拿來給我問問他去人家這樣事他還敢來鬼混賈母喝住道璉兒拿了去給他叫他去罷那也是窮極了的人沒法兒了所以見我們家有這樣事他就想着賺給個錢也是有的如今白白的

花了錢弄了這個東西又叫偺們認出來了依着我倒別難爲他把這塊玉還他說不是我們的賞給他幾兩銀子外頭的人知道了纔肯有信兒就送來呢要是難爲了這一個人就有真的人家也不敢拿了來了賈璉答應出去那人還等着呢半日不見人來正在那裡心裡發虛只見賈璉氣忿忿走出來了未知如何下回分解

紅樓夢第九十五回終